Rochus Gajke

SABOT

ou
témoignage poignant d'un
cheval de guerre

© 2022, Rochus Gajke
Edition : BoD - Books on Demand,
12/14 rond-point des Champs-Elysées, 75008 Paris
Impression : Bod - Books on Demand,
Norderstedt, Allemagne

ISBN : 9782322412341
Dépôt légal : mars 2022

Loi n° 49-956 du 16 juillet 1949 sur les publications
destinées à la jeunesse, modifiée par la loi
n° 2011-525 du 17 mai 2011 : mars 2022

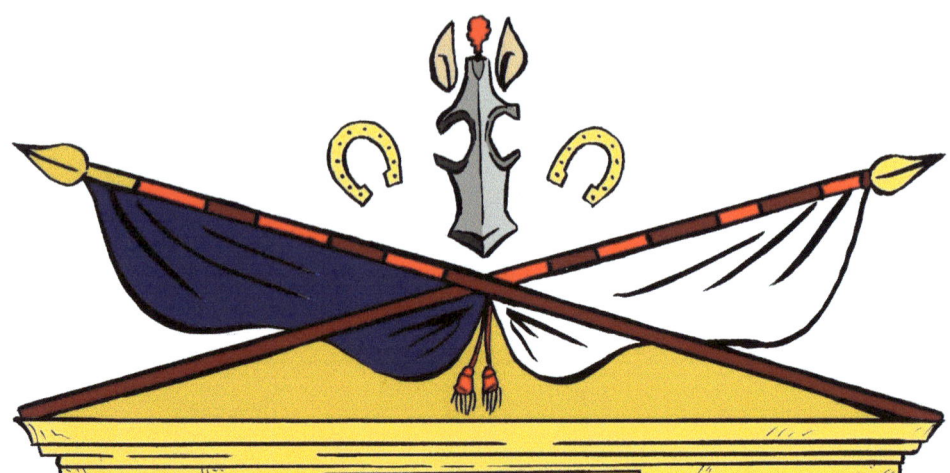

IN MEMORIAM

Avec le concours du Museum mondial de la mémoire du cheval bonapartiste.

+ + +

Je remercie L'Ecole supérieure d'études de l'éloquence équestre, ainsi que la Fondation internationale d'entraide des vétérans quadrupèdes de Waterloo.

Sans leur aide précieuse, la publication de ce témoignage inédit n'aurait pas été possible.

Rochus Gajke

1. À la caserne

2. Baptême du feu

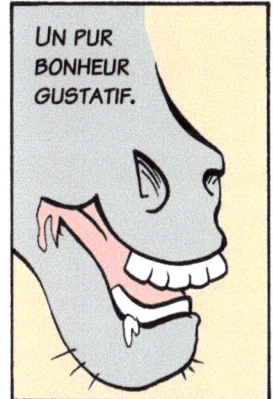

3. Le jour d'après

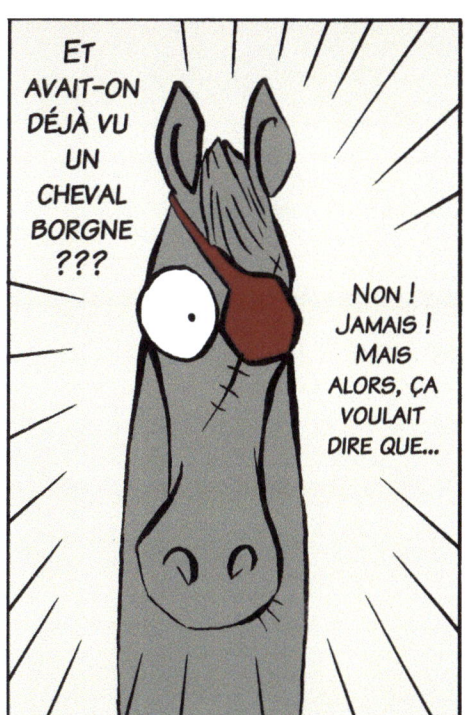

4. De glace et d'acier

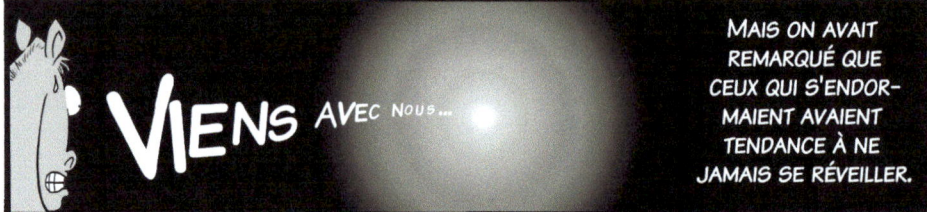

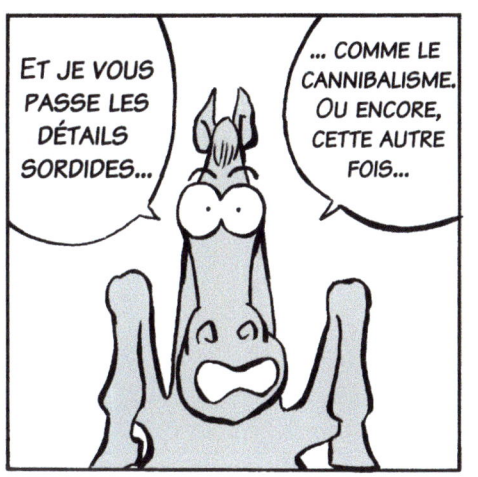

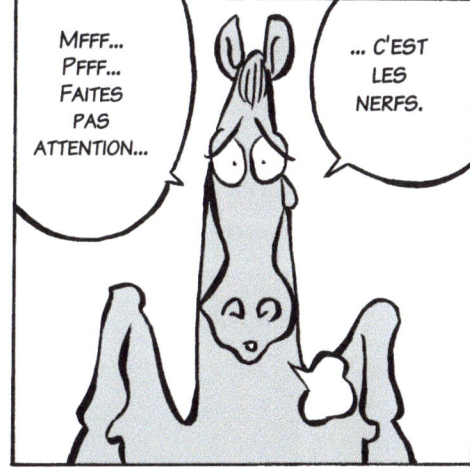

5. Retraites

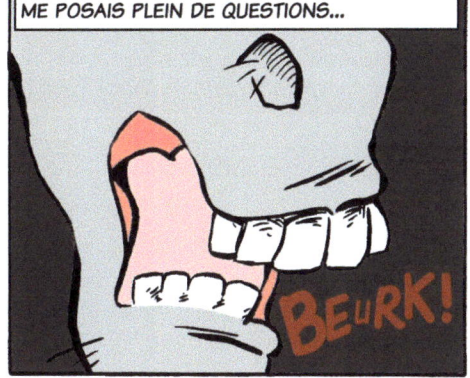

6. Le retour

7. La fin d'un soldat